句集

宙ノ音

佐藤清美

六花書林

宙ノ音＊目次

装幀　真田幸治

宙《ソラ》ノ音《ネ》

I

窓越しの桜　図書室は船

どの山も芽吹き眩しく中年は

見送りも無用と言われる春があり

白梅の夜を灯して咲きにけり

恋猫の死を賭すことも通勤路

なつかしき名を呼ぶ春のまた廻る

桜前線身を越してゆく昨日今日

たそがれて川を見る人春の橋

どの山も憂いの数の白い花

長崎八句

川に一艘取り残されて冬終わる

春浅く司教の庭にも石榴の木

ランタンに照らされている春節祭

春の道歩いてたどり着く彼方

東南西北《トンナンシャーペイ》路面電車はよく働く

空に穴　原爆落下中心地

遠く長崎あつゆきの句を見て帰る

春光の有明海を目にしまう
快晴を鯉幟ゆく寒そうに

五月ゆく聖なるものを何も見ず

夏の暮浅間の上の飛行雲

夏の野に停車しており星の貨車

雨季の闇水を湛える空であり

一等の猫となるまで花を食み

窓はあり遠くに見える夏景色

晩夏光夢はと少女に問われれば
見そびれたもののひとつに桐の花

書店にて少年梅雨をやり過ごす

母の干す青梅香る午後があり

わらべうた夕焼け消えるまでのこと
夕方の蚊遣りの匂い祖母の匂い

道々の蛙の声と夜を行く

夏の風平らかな身に触れてゆく

ひとまずは氷菓買い置く昨日今日
今日も待つ梢を揺らす風の子を

厨には李の光正しくて

目の澄めば秋光に身の塵も浮き

身のほかに何を投げこむ秋の河

秋空を失うもので光らせる

秋光を浴び身の虫も耳から出

方舟という名のバスや秋の旅

呼気合わす晩秋という生きものと

冬はじめ朝日とともに橋の上

松葉越し冬空海の色をして

火を焚きに咳の虫来て胸に棲む

冬銀河おかまいなしに眠りの上

挨拶は今朝の斑雪《はだれ》の山のこと

大掃除上空風の音溜まり

鉄塔は鳥を待ち春を待ち

一日を雪国に変え空静か
山の道冬の桜のちいさくて

いつか逢う空の街道ゆく鷹に

Ⅱ

雛祭いつもの夕餉で終わりけり

梅もまた風にまかせている日和

バス停は春青年は旅荷物

揚雲雀耳が聴きたい声だけを

ニュース速報春の嵐の刻々と

幾夜越え深く息する花の前

タラの芽の母の天麩羅山になり

少年の球場までの花吹雪

光射す春呼ぶ妹のまなぶたに
雑踏の端での眠り春浅し

うららかや電線空の定規となり

春夕べゆっくり動く飛行船

本日の放射線量日傘して
人は生き水田に風渡り

幹線道路夏の光は走る飛ぶ

酷暑かな病む犬を抱えつつ

逢いたい人は夢のほとりに蓮の花
夏は幾度のかなしみを受けとめる

残されて晩夏の空に飛行雲

夏の風叔父はどこまで歩いて行く

朴の花叔母の見送る人永久《とわ》に

息一つ天道虫の飛ぶ空に

光る朝梅雨の空気の肌に触れ
白々と夜を落ちゆく夏椿

鳥影を這わせて灼けるアスファルト

水を飲む厨に夏の風は来て

目覚めても補習の続く夏休み

歓声が白球を追う夏惜しむ

通勤路夏は今日までというラジオ

悼 松原令子さん

この初夏の空のどこかに君昇る

春燈扉開ければジャズ流れ

猫も鼠もメモ紙に棲む朧の夜

大口で笑っている猫春の空

写真少女瞳に風を捉えては

ツユクサやウサ耳少女はさみしがり

夏読書書店員はエプロンで

夏空へ響け打球と応援歌
レイちゃんは永久《とわ》の綾波夏の星

心にも灯ともす頃や吾亦紅

秋の夜や迷えば至る猫の店

蟋蟀と七日暮らしてのちの闇
少年は秋の光を肩に乗せ

秋の風満ちくるものと退くものと

辻地蔵藍濃くなれば夜の来る

曲線の猫の道あり彼岸花

立秋の風に流され雲の道

樹に添えば秋は始まり安らぎぬ

初秋やピアノは「少年時代」の音

台風一過大気の色は薄く青

鳥渡る天空に風通りゆく

松島九句

ひたと松島目指して走る秋列車

刈田原一つ仕事の済んだ気に

秋の旅芭蕉の齢《よわい》で見る海よ

松島や秋光を呑む湾であり

秋風や龍棲むお堂であるらしき

初紅葉円通院の空晴れて

篝火やこの先秋の都あり

もみじして池の下にもある都

いくたびも朝日尾を曳け秋の海

冬の日のぐるりと山は山であり

木枯の眠りの底に届きけり

冬晴れに猫背なおさぬ人でいる

傷む日は冬の眠りの中に住む

寒燈来た舟に乗る今日の身は

蒼天や六花を知らぬと言う少女

冬来たる『北越雪譜』をポケットに

マフラーし空の光とともに行く

光り尽し色抜けてゆく冬の空

朝始まる三国峠　ユキ　チェーン
通勤路宿場まんじゅう蒸気上がり

年惜しむ渋谷ヒカリエ富士見えて

寒燈それでも帰る家はあり

お菓子の家のイルミネーション一つ欲し

年つまる雲の彼方に望《ぼう》の月

快晴や雪の赤城も長き裾

冴え返る目を開いたまま犬の死は

魂も焼ききればよし日向ぼこ

冬の日やピッチに落ちる鳥の影

道行けば枯野に祖父のいる気配

君が眼に笑みをとどめて冬菫

柚湯して母の小言を聞き流す

冬燈加減乗除を心得る

言の葉に身を添わせれば淑気満つ

初風や夢をつぶやきポストまで

暮れなずむ空に鳥おり春隣

雨降って春の陣地となる明日

Ⅲ

暮れてきて身を灯すなり白木蓮

ほころべば花は光の泉であり

サクラサクラ図書室に迷い込む
さざめいて風を慕うや花水木

今日の日の風を浴びれば蝶生まれ

佇めば水道橋は春の中

たんぽぽや猫沢川に降る光

散る花の空の深みに消えてゆく

鳥雲に風の広場で見送る樹

果てまでの波乗りポプラの綿毛かな

電線は春の羽衣編んでおり
常世まで翼を濡らし鳥はゆく

夕空に春の心を置いてきた
そちこちの魂照らし春の月

声を追い風の行方を追っている

如月や光満ち初む空の色

恋薬として嚙めり雛あられ

言の葉に照らされており春の闇

鎮もれる白木蓮の日曜日

路地裏に春は来ており猫日和

春行事母喜びし菓子折よ

下田八句

窓枠に頬杖の父春列車

日向夏日の照るように胸に照る

犬喪いし後の家族が春におり

小亀飛ぶ小さき水槽の国を

春時雨人なき船を追う鷗

足跡の一つは母よ春の海

湯に放つ身はゆるやかに春の中

妹の眼の中にあり父母の春

人を恋う夕日の沈みゆく国で

待ちわびて野バラは風の中の花
五月闇叶わずとも見る夢であり

さざめきを受け止めており桐の花
六月の記憶は風に預けている

隣に君雨が上がれば光の矢

茶房にて視野の紫陽花毬とする

青梅雨や約束思い出せそうに

蜜柑の花旅人に歌を贈りけり

夏木立少年風に身を置いて

夏の風橋を渡って前橋へ

どの肩も光の破片浴びる夏

ひとときを風も憩えり夏の庭

喜雨降るや山のけものも濡れている

夏草が眠らせており付喪神

ほほえみを想えば樹下は夏の風

目瞑れば葉陰に蜥蜴いる世界

野を行けば光ちらばる夏曇り

カマキリの子の天上や濃紫陽花

夏の星ボルネオ遠し祖父遠し
りんどうや猫も見上げる空の道

おさな子の声もまざりて霧の朝
柚子捥ぐや光集めた匂いして

霧の朝大樹一つを港とす

芒原少年時刻表の旅に

訪《おとな》えば紅葉始まる北の苑

ストーブに棲む妖精の小言かな

蜂たちと愛でているなり秋の薔薇

幾千の秋や北大植物園

澄みきれば彼方此方は秋の音

愛蛇《かなへび》という贈りもの胴長し

対向車皆秋の雲積んでおり

秋の日に焼かれた魂は白紙

ある日ありある日消えおり曼珠沙華

秋澄むやお椀の舟に箸の櫂

男郎花針の刀を持ち行くや

都とは紅葉明りのするところ

仮の世を仮の姿で吾亦紅
花野にて姫への花を摘んでいく

誘われぬ遊びでありしあかまんま
秋ともし時折母の声がして

野辺一人夜待ちおればば虫すだく
欲しければ銀河は河に落ちており

竜胆と朝の光を待っている

中島敏之さんの訃報を聞いた翌日、私は新宿御苑を歩いていた。七句。

秋空に機影見送り人を送り

秋暑し新宿御苑に森の光

花紫苑訃報を抱え歩き歩く

今日の日の鹿肉カレーいただきます

供花として残りし秋のオニバスよ

君のいない秋の日を飛ぶ蜘蛛の糸
魂の地球の風としてあれば

すれ違う人の上にも秋の空
青空に混ざることなし銀杏の黄

からっ風という獣毛を逆立てり

上毛三山磨かれ冬の空続く

ハルニレは今雪の中夢の中
飛行雲今年の空の見納めに

今朝の秋飛ぶものたちの身も軽く

秋思かな心が薄くなるように

落葉して見えないものの見えてくる

ひなたぼこなにもかんがえたくなくなり

一夜にして斑雪《はだれ》の山に囲まれる
浮くための練習強く蹴ってゆく

凍空にただ鳥のあり希望あり

IV

空席は空席のまま春浅し

一言の届かぬことも春の虹

すれ違うとは別れゆくこと春の暮

悼 瀬山由里子さん

残されし布の手触り花明り

キャンドルを包むてのひら白木蓮

今日の日を無造作に咲けハルジオン

桜散る農夫の伯父もまた逝けり

遠き人に春を伝えよ送電線

星川とは輝く川か小さき川

甲子園、琵琶湖五句

凡事徹底球児に春の知らせ来て

丹という色昇りゆく春の湖

鳰の海たつきの舟のゆく朝《あした》

球春というつかのまの言葉かな

帰路にては人も明りも朧なり

青空に星を見ており春薊

美しい朝だと五月のラジオから

胸に棲む人の重さよ朴の花

私の声が繋がる線はどれですか

梅雨の日を離脱できずに環状線

蜘蛛の囲に巻き取られている夢の人

初夏を告げる汽笛はここにまで

梅雨の夜を魚群となりて行く車

通勤路頭上雷道おそれながら
ねむの花神様声が遠いのです

一通のメールを待てりひつじ草

遠く大樹のあると思えば半夏生

金沢八句

上州っ子老いても目指す夏の海

八月の海見えてくる糸魚川

夏列車黒部で降りるリュックたち

百万石の城にも落ちる雷様

水路沿い夏にも堅し武家屋敷

山の日の路地にひそりと祝日旗

朝曇ふいにあるなりお茶屋街

茶屋の暑さや金の箔瑠璃の壁

ちちははと姉妹で眠る夏館

夏の午後母眠らせる列車かな

隠り世へ続く道なり曼珠沙華

夢の淵より引き上げているサルノコシカケ

秋雨と時々海の車窓かな

迷い道くねくね秋の社かな

亀虫にガムテープあり山の宿

二〇一七年九月九日、中里夏彦さんにご案内いただいて、鬣同人とともに福島県は久之浜と双葉町へ。双葉町へは防護服を着て入った。八句。

秋の海船魂ありて見送れり

波は退き鳥居に秋の光かな

国道6号行き交う秋の日の静か

あれが原発秋草の向こう

重陽やフレコンバッグのみ積まれ

青柿を手袋の手で触れている

幾度見上ぐる防潮堤より昇る月

月渡る封鎖の町を海山を
秋天を龍の鱗の零れつつ

晩秋や映写機は黒鉄であり

そぞろ寒柳川町に猫の朝

白鷺は冬の朝日を充電す

飽きもせず火を焚く父の物思い

彼の人の声も混じりて雪催い

冬日浴び思い出すこと死者のこと

冬の日やいつか会えると思って暮らす

まなざしに小春日和を贈られる

冬空に希望の数をかぞえけり

山眠る頭上の青空と暮らす

あとがき

『宙ノ音』は『空の海』『月磨きの少年』に続く第三句集です。およそ私の四〇代、二九〇句を収めています。収録句は概ね初出一覧のとおりですが、大幅に作品を削除し、各章の中で再編集を行っています。

『月磨きの少年』刊行からは九年の月日が経ってしまいました。この間に勤め先での異動があり、仕事量、責任とも格段に大きくなりました。ともすれば自分を見失いがちになる日々の中で、自分の身の内からこぼれてくる思いだけは、言葉に託して俳句にしようとしてきた日々でした。句集の題名は、心を澄まして、身の回りの世界の音を聴き漏らすまいという思いで付けました。つたない句集となりましたが、これを糧として次の作品につなげていければと思っています。

最後に、私の表現の場であります「鬣TATEGAMI」に心からの感謝を。この九年の間に大切な仲間を亡くしました。自身が五〇代を迎え、限りある時間を仲間と創造していけたらと思っています。

句集を纏めるにあたり、六花書林の宇田川寛之さんには大変お世話になりました。私が俳句を始めたきっかけ、「俳句空間」への投稿時代からの友人である宇田川さんに句集を作っていただけて、本当に嬉しい。ありがとうございました。

二〇一八年　猛暑であった夏の終わりに

佐藤清美

宙ノ音初出一覧

Ⅰ

鬣TATEGAMI第31号　二〇〇九年五月
鬣TATEGAMI第32号　二〇〇九年八月
鬣TATEGAMI第33号　二〇〇九年一一月
鬣TATEGAMI第34号　二〇一〇年二月
鬣TATEGAMI第35号　二〇一〇年五月
鬣TATEGAMI第36号　二〇一〇年八月
鬣TATEGAMI第37号　二〇一〇年一一月
鬣TATEGAMI第38号　二〇一一年二月

Ⅱ

鬣TATEGAMI第39号　二〇一一年五月
鬣TATEGAMI第40・41合併号　二〇一一年九月

鬣TATEGAMI第42号　二〇一二年二月
鬣TATEGAMI第43号　二〇一二年五月
鬣TATEGAMI第44号　二〇一二年八月
鬣TATEGAMI第45号　二〇一二年一一月
鬣TATEGAMI第46号　二〇一三年二月
鬣TATEGAMI第47号　二〇一三年五月
鬣TATEGAMI第48号　二〇一三年八月
鬣TATEGAMI第49号　二〇一三年一一月
鬣TATEGAMI第50号　二〇一四年二月
群馬ペン第１４８号　二〇一四年三月
鬣TATEGAMI第51号　二〇一四年五月
鬣TATEGAMI第52号　二〇一四年八月

Ⅲ

GANYMEDE第61号　二〇一四年八月
鬣TATEGAMI第53号　二〇一四年一一月
鬣TATEGAMI第54号　二〇一五年二月

鬣TATEGAMI第55号　二〇一五年五月
鬣TATEGAMI第56号　二〇一五年八月
群馬ペン第１５１号　二〇一五年一〇月
鬣TATEGAMI第57号　二〇一五年一一月
鬣TATEGAMI第58号　二〇一六年二月

Ⅳ

鬣TATEGAMI第59号　二〇一六年五月
鬣TATEGAMI第60号　二〇一六年八月
鬣TATEGAMI第61号　二〇一六年一一月
鬣TATEGAMI第62号　二〇一七年二月
鬣TATEGAMI第63号　二〇一七年五月
鬣TATEGAMI第64号　二〇一七年八月
群馬ペン第１５５号　二〇一七年一〇月
鬣TATEGAMI第65号　二〇一七年一一月
鬣TATEGAMI第66号　二〇一八年二月

略　歴

1968年、群馬県生まれ。
群馬女子短期大学（現高崎健康福祉大学）国文学科卒。
「俳句空間」に21歳で投稿を始める。
2001年に俳句誌「鬣ＴＡＴＥＧＡＭＩ」を林桂氏らと創刊、同同人。
現代俳句協会会員。群馬ペンクラブ会員。
句集に『空の海』『月磨きの少年』。共著に『耀』。

〒379-0133
群馬県安中市原市2045－4

宙《ソラ》ノ音《ネ》

2018年10月23日 初版発行

著 者――佐藤清美

発行者――宇田川寛之

発行所――六花書林
〒170-0005
東京都豊島区南大塚3-24-10-1A
電話 03-5949-6307
FAX 03-6912-7595

発売――開発社
〒103-0023
東京都中央区日本橋本町1-4-9 ミヤギ日本橋ビル8階
電話 03-5205-0211
FAX 03-5205-2516

印刷――相良整版印刷

製本――仲佐製本

ISBN978-4-907891-70-1 C0092